LE COURRIER

EXTRAORDINAIRE

625

BIBLIOTHÈQUE LIBRE

OU COLLECTION CHOISIE D'OUVRAGES ET DE PIÈCES DU GENRE
LIBRE, IMPRIMÉS OU RÉIMPRIMÉS PAR LES SOINS DE LA
SOCIÉTÉ DES BIBLIOPHILES COSMOPOLITES
ET POUR LES MEMBRES DE CETTE SOCIÉTÉ,
A CENT EXEMPLAIRES NUMÉROTÉS

Exemplaire N° *32*

LE
COURRIER

EXTRAORDINAIRE

DES

FOUTEURS ECCLÉSIASTIQUES

Pièce révolutionnaire
réimprimée textuellement sur l'édition originale
publiée en 1790 et devenue très-rare

PRÉCÉDÉE

D'UNE NOTICE BIBLIOGRAPHIQUE

IMPRIMÉ PAR LES PRESSES DE LA SOCIÉTÉ

A NEUCHATEL

—

1872

NOTICE

LE COURRIER EXTRAORDINAIRE

Nous réimprimons aujourd'hui une des pièces les plus curieuses et les plus effrontées de la collection révolutionnaire; on en trouvera le titre entier reproduit exactement en tête de ladite réimpression. Cette pièce est un in-8° de 47 pp. avec 3 fig. libres. L'une de ces figures est en regard du titre, et peut s'appliquer à ce titre aussi bien qu'à l'avant-dernière phrase de l'ouvrage. Elle représente l'Amour à cheval sur un énorme Priape, avec ces deux vers au bas :

L'Amour est le courrier des galantes nouvelles,
Et son fringant coursier le fait choisir des belles.

Elle a probablement été prise ailleurs, car elle porte en haut l'indication XVIII. Les autres gravures sont assez jolies et finement gravées; elles représentent, celle de la p. 31, l'abbé Renaud surprenant le fils du jardinier exploitant Kakvelle dans le jardin. Au bas sont ces deux vers de la page 31 :

Quel tableau, cher abbé, deux amans dans l'ivresse
Savouraient de l'amour le prix et la tendresse.

Et celle de la page 45, montre Durand, le valet de chambre, culotte déboutonnée et vit bandant, tandis que plus loin Thérèse à genoux sur une chaise, jupes troussées, et retournant le visage vers son jouteur, lui présente le postérieur. On lit au bas les vers de cette même page 45 :

Grands dieux ! le joli cul, quel cul! quel cul charmant!
Qu'il offre de plaisir au plus sincère amant!

Comme le *Courrier extraordinaire* est excessivement rare (nous n'en connaissons que trois exemplaires, dont l'un est au *British Museum*), nous avons pensé que la copie très-exacte du texte était l'essentiel en ce moment, et nous n'avons pas cru utile de retarder la publication par la reproduction desdites figures. — Quant au nom de Machault, évêque d'Amiens, comme auteur supposé du libelle, il est presque surabondant de dire que cette attribution est supposée aussi bien que les pièces mêmes qui le composent.

LE COURIER

EXTRAORDINAIRE

DES

FOUTEURS ECCLÉSIASTIQUES

OU

CORRESPONDANCE INTIME

SECRÈTE ET LIBERTINE

DE QUELQUES PRÉLATS DE QUALITÉ, DE PLUSIEURS PRÊTRES PAILLARDS
ET D'UN CERTAIN NOMBRE DE PRESTOLETS LUXURIEUX

avec des Gourgandines titrées,
des putains bourgeoises, des filles de joie du Tiers-État
et des Raccrocheuses du quart

OUVRAGE recueilli par MACHAULT, Evêque d'Amiens,
et censuré par les quatre Grands-Vicaires
de LECLERC JUIGNÉ, Archevêque de Paris,
et apostat de la Chrétienté.

———

A PARIS

et se trouve

Chez
Bossu, Curé de Saint-Paul.
FAUCERIER, Vicaire de Saint-Leu.
POUPART, Curé de Saint-Eustache.

Tous trois colporteurs dudit, et fouteurs en titre.

———

1790

AVERTISSEMENT

Il m'a fallu fréquenter les bordels et les chenils de la capitale, où, grâce au ciel, je suis initié, pour y recueillir les fragments de cette précieuse correspondance ; les boudoirs, ou plutôt les foutoirs de nos gourgandines titrées, où, parfois, je suis reçu, ainsi que les galetas des filles de joie du Tiers-État, pour compléter l'intéressante collection que je présente aujourd'hui aux amateurs du priapisme, comme le plus parfait hommage de mon ardeur lubrique.

J'y peindrai quelques-uns de nos prélats démon-seigneurisés, tels qu'ils sont ; les uns comme des roués polissons, chevauchant le tiers et le quart, et s'étant toujours foutu du qu'en dira-t-on.

Les autres, comme des Tartuffes, se couvrant en public du masque de l'hypocrisie, et qui, dans le tête-à-tête, jouent avec leurs Vénus modernes le rôle des plus ardents satyres, et sont écumants de luxure. Je décrirai comme les uns et les autres n'ont jamais pu décharger qu'à l'aide d'un bras nerveux ou d'une poignée de verges, qui, appliquées sur leurs postérieurs, leur ont fait recouvrer quelques pouces de vit de plus.

Enfin, je démasquerai la plupart de ces putains bourgeoises, qui, couvertes d'un mantelet noir, se glissent dans les presbytères, pour y extorquer des charités honteuses, en branlant le membre viril de leur curé, et qui vont du même pas foutre avec le suisse ou le bedeau de la paroisse.

J'instruirai le public sur les moyens ingénieux qu'employent ces mêmes curés tout ainsi que leurs vicaires, moins savants en théologie que dans l'art sublime de foutre, pour assouvir leur paillardise.

Je décrirai les postures variées, les tableaux charmants des prêtresses de la fouterie, et je prouverai à mes contemporains, qu'ils ne sont que des candidats auprès de ces Messalines modernes, et que Dom-Bougre lui-même , et le Général des Cordeliers, ont baissé la pine devant ces chaudes fouteuses, produites par le climat lubrique de France.

J'ornerai ma correspondance de chansons, pièces fugitives, la plupart composées par les héros fouteurs qui en sont les objets. Si l'on n'y retrouve pas l'énergie de Piron, qui, sans doute, n'était autre que Priape, qui, à l'exemple du fils de la Divinité, s'était humanisé sur la terre pour y foutre des mortelles (1), du moins on y distinguera la nature toute nue, et voilà le beau.

_____

(1) Personne, je crois, n'ignore l'intrigue galante de Jésus-Christ avec sainte Magdelaine.

Assis sur les genoux de ma putain, qui ne le cé-derait à aucune prostituée de la capitale, pour l'élasticité du poignet, la souplesse des reins, les coups de langue ardents, et la mobilité de la char-nière, je prends la plume et je me mets à l'œuvre. Parfois j'interromps mes narrations, pour sucer ses tétons d'albâtre, et introduire mon index dans son con humecté d'une liqueur brûlante. Qu'en arrive-t-il? Que je bande, que je branle, que je suis branlé, que je fouts, que je décharge, et que j'écris. Puis je m'adresse à la ribaude de l'Olympe, et je lui dis:

    O toi, belle Vénus, digne garce des cieux,
    Bâtarde de Thétis, fille et putain des dieux,
    Sois ma muse aujourd'hui, et d'un regard propice
    Accueille en ce moment mon ardent sacrifice.

INTRODUCTION

NÉCESSAIRE A L'INTELLIGENCE DES QUATRE LETTRES

SUIVANTES

Point d'animal au monde qui soit plus vindicatif et plus luxurieux qu'un prêtre. L'anecdote qui donne lieu aux quatre lettres suivantes en fournit la preuve dans la personne de l'abbé Bossu, curé de Saint-Paul, le plus dissolu des curés de la capitale.

La Langelot, sa paroissienne, et nièce d'une lingère de la rue Saint-Antoine, était devenue, grâces aux soins de cet abbé fouteur, de la plus vertueuse des filles, la putain la plus débordée de ce siècle. Comme un con abandonné fait place à un autre, celui de la Langelot fut bientôt délaissé : mais le comble de la scélératesse, fut qu'après avoir retiré ses lubriques missives des mains de sa prostituée, le curé de Saint-Paul fit tant, que la tante de celle-ci la fit mettre au couvent, où elle est encore. La pauvre cloîtrée s'en vengea par une chanson qui circule, malgré la vigilance du commissaire Lerat, autre jean-foutre et putassier du même genre.

Rien de plus chaud dans ses expressions de fouterie, qu'un caffard en rabat, qui a acheté le secret
de sa putain : rien de si emporté, de si ardent, que
ses transports amoureux ; de même qu'il n'est rien
de plus passionné que les caresses. et les jeux
d'une impudique créature, qui s'est abaissée, avilie
jusqu'à foutre avec un prêtre. Voyons comme l'un
et l'autre s'expriment. O fouteurs du monde ! apprenez, apprenez à parler fouterie d'une simple
courtisane bourgeoise et d'un curé de paroisse !

LETTRE PREMIÈRE

Le curé de Saint-Paul à Sophie Langelot

Ah ça, Sophie! réponds, dis, te fouts-tu de moi, ma couillardine, de m'abandonner ainsi depuis quatre jours aux désirs que je ressens de te foutre? Je ne sais comment j'y puis tenir. Cent fois depuis ce temps, j'ai porté mes mains sacrées sur mon vit, qui levait orgueilleusement la tête, à l'effet d'éprouver en me branlant les mêmes délices où tu me plongeas tant de fois. Cent fois je me suis retenu, en songeant que je priverais ton con de cette liqueur précieuse, dont tu t'es si souvent enivrée. Aussi, mon aimable fouteuse, mes couilles divines en sont-elles surchargées, et je brûle de l'épancher. Trouve-toi donc demain à neuf heures du matin, au rendez-vous du Mail, et là compte sur une ample libation de cet élixir générique. J'en inonderai tes tétons d'albâtre, tes cuisses fermes et polies, ton ventre rebondi, ta motte charmante et si bien garnie, ton cul de Ganymède, et ta brûlante matrice.... Ah! Sophie!.... Sophie!.... je m'échauffe; tous les feux de la fouterie circulent dans mes veines...... je décharge...... je meurs!.... Ah! grands dieux! grands dieux!....... quelle ravissante extase!

Ce lundi 16 août 1789.

2

RÉPONSE

de Sophie Langelot au curé de Saint-Paul

Tu me fais des reproches, mon brave fouteur! et mon absence de quatre jours a pu te les inspirer! Il faut donc que je me justifie. D'abord j'étais et suis presque encore dans cet état où les femmes ne se laissent guères baiser, à moins que ce ne soit pour attraper le prix de leur souper. Tu me diras à cela que tu t'en fouts, et tu m'as avoué plusieurs fois que tu n'avais jamais éprouvé tant de plaisir qu'en retirant ton vit tout fumant de mon con en uniforme de cardinal. Il faut qu'à mon tour je te fasse un aveu, c'est qu'en cas pareil, je t'ai toujours trompé ; oui, dans cette circonstance, ma position m'inspire tant de dégoût que je ne saurais foutre, et que tous les curés de la terre ne me feraient pas bander. Je dois t'avouer encore que ton habit me déplaît. La calotte qui surmonte ta tête a moins d'attraits pour moi que celle qui recouvre la tête orgueilleuse de ton vit ; mais je me rends à ton raisonnement. Il faut bien quelque chose pour tromper les hommes. J'accepte ton rendez-vous et ta décharge ; apprête ton engin ; mon con est tout disposé à le recevoir ; mais au nom de ce que tu as de plus cher, ne te branle pas....... Tout le foutre dont tes couilles sont, dis-tu, surchargées, doit m'appartenir ; je me pâme d'avance d'en recevoir l'éjaculation. A demain.

Ce lundi soir 16 août 1789.

SECONDE LETTRE

du curé de Saint-Paul à Sophie Langelot

Serait-il vrai, Sophie? En croirai-je mes pressentiments? M'aurais-tu donné la vérole? Car je ne puis me dissimuler que ce ne soit une bonne et belle chaude-pisse (1) qui force mon vit, autrefois glorieux comme un César et fier comme un Ecossais, à baisser mollement la tête et à ne plus former qu'une ligne courbe, qui me cause des douleurs incroyables. Ton joli con, où j'ai tant de fois dardé le foutre, serait-il donc empoisonné? Non, quand je me rappelle que dans ce con, dont le souvenir me ferait encore bander, si la corde qui s'en est rendue maîtresse, m'en laissait la liberté; quand, dis-je, je me rappelle que, dans cette source de délices, j'ai pu plonger ma langue, en chatouiller voluptueusement le clitoris, pressurer le nectar qui distillait abondamment de ce centre voluptueux, et en savourer la suavité, je n'ose croire que le

(1) C'est étonnant, comme M. le curé connaît les termes techniques du mal vénérien !

virus dont je me plains soit réel. Viens donc, trop charmante fouteuse, dissiper mon inquiétude ; viens me rassurer sur les douleurs aiguës qu'éprouve mon vit, et me dire si c'est la fatigue que je dois en accuser plutôt que la vérole.

Réponse au moment même : viendras-tu, ou non ?

Ce vendredi 9 octobre 1789.

RÉPONSE

de Sophie Langelot au curé de Saint-Paul

Tu le mériterais bien, fripon de curé, tu le mériterais bien, mon brave fouteur, que je n'aille pas au rendez-vous, et que, comme un couillon, je te laisse déplorer ta vérole imaginaire ; mais, rappelle-toi donc, nigaud, notre soirée délicieuse de mercredi dernier, et ce qui s'y passa. Tu sembles me reprocher que ta langue frétillante et légère séjourna dans l'intérieur de ma matrice, qu'elle me chatouilla le clitoris, et que tu pressuras le foutre que je déchargeai si vigoureusement, excitée par ton ardeur. J'en demeure d'accord ; mais te souviens-tu de même qu'animée par les mêmes transports, je pris entre mes lèvres ta pine enchanteresse, et que, par les mêmes badinages, promenant le joli petit bouton de ma langue sur la tête de ton docteur, qui l'est pour le moins autant que toi, s'il ne l'est davantage, je te fis décharger quatre fois de cette manière, et que loin de rejeter le foutre que j'étais parvenue à pomper de tes couilles, que tu traites quelquefois de divines, j'en alimentai mes entrailles enflammées?

Mais plus de rancune. Je te guérirai en te tenant à la diète; car ce n'est qu'échauffé par la fouterie, que ton beau, ton cher vit est triste et languissant.

Ce vendredi 9 octobre 1789, au soir.

NB. Voilà tout ce que j'ai pu recueillir de la galante correspondance de l'abbé Bossu, avec Sophie Langelot, jusqu'au moment qu'il lui extorqua le reste, et qu'elle se vengea de sa détention par les couplets suivants.

Sophie Langelot au curé de Saint-Paul

CHANSON

AIR : *Des Pendus.*

Quoi! lâche suppôt de l'autel!
Tu fis de l'église un bordel;
Ainsi donc métamorphosée,
Tu vainquis mon âme abusée:
Changeant les ordres du destin,
De moi, tu fis une putain.

Te souviens-tu, monstre infernal,
De ce moment triste et fatal,
Où, succombant à tes caresses,

Je me laissai prendre les fesses,
Et que cédant trop à ta loi,
Mon con tout neuf s'ouvrit pour toi?

Hélas! pour prix de tant d'amour,
Ah! quel affreux triste séjour!
Ainsi donc tu payes l'hommage
Que je te fis d'un pucelage!
Moi, de l'art de foutre entichée,
Je n'ai plus qu'un godemiché!

Ton vit cruel, affreux, ingrat,
A-t-il oublié ce combat?
Quoi! moi, d'une religieuse,
Je vais être la manieuse?
Quels affreux supplices divers!
Ah! c'est le tourment des enfers.

Mais je vais renaître au bonheur;
J'ai le vit de mon directeur.
C'est un brave fouteur de nonne,
Qui n'a jamais raté personne:
Me branlant, je dis à part moi,
Maudit soit tout curé et toi.

DIALOGUE

Du Père Isidor, Père carme de la place Maubert,
avec la Desglands, Raccrocheuse du quart,
rue Saint-Martin (1)

LA DESGLANDS

Parlez donc, M. le Prieur, bandez-vous?

LE PÈRE ISIDOR

Pourquoi pas, grosse garce, tout comme un autre?

LA DESGLANDS

En ce cas, mon chou, tu vas monter chez moi.

LE PÈRE ISIDOR

Oh! non pas pour le présent; des affaires inté-
ressantes m'appellent ailleurs.

LA DESGLANDS

Ailleurs! ailleurs! où en trouveras-tu comme moi
pour *travailler le joyeux* d'un honnête homme?
Tiens, mon révérend, je ne suis ni belle ni jolie, mais
j'ai de ce qui se magne (2) avec plaisir; et les michés

(1) Il est à peu près neuf heures du soir, moment du tra-
vail; et comme les moines jouissent plus que personne de
la liberté présente en qualité de vigoureux fouteurs, l'austé-
rité de la règle ne les gêne plus. Ils sont quelquefois deux
jours dehors, et leurs galeries sont les rues du Pélican,
Maubuée, Soly, etc., etc.

(2) Une putain bourgeoise aurait dit : ce qui se manie, mais
une raccrocheuse du quart ne dit pas autrement.

qui sont une fois venus chez moi, me préfèrent à toutes mes sœurs du quartier.

LE PÈRE ISIDOR

Mais, ma reine, je ne suis pas riche.

LA DESGLANDS

Nom d'un foutre ! ce n'est donc pas le Pérou que ta connaissance ? Mais ni moi non plus ; va, monsieur l'abbé défroqué, je ne suis pas intéressée ; tu m'as l'air d'un vivant qui en as foutu plus d'une ; monte toujours : avec ta mignonnette, tu en seras quitte ; j'aime mieux un bel et bon gros vit, que l'écu d'un bande-à-l'aise ; je ne demande qu'à vivre et à foutre.

LE PÈRE ISIDOR

Ah ! foutre ! ah ! morbleu ! me voilà dans ma sphère. Dis-moi, grosse coquine, sais-tu bien ce que c'est qu'un carme ?

LA DESGLANDS

Non ; je ne connais de réputation que les cordeliers ; mais ce sont de foutues pratiques ; ils payent mal, et pour la fouterie c'est encore pis.

LE PÈRE ISIDOR

Je le crois bien, ce sont des ivrognes. Boire et foutre, cela ne va pas ensemble.

LA DESGLANDS

Il me vient aussi quelquefois des minimes.

LE PÈRE ISIDOR

Fi donc! ce sont des bougres.

LA DESGLANDS

Effectivement, je m'en suis aperçue ; mais qu'ils s'aillent faire foutre ailleurs; je n'aime pas à prêter ma rosette; ils peuvent aller rue Saint-Honoré ; la Tabourot a fait assez d'élèves.

LE PÈRE ISIDOR

Mais depuis la suppression des règles dans les maisons religieuses, ne va-t-il pas quelques capucins se dédommager au bordel des rigueurs de l'ancienne abstinence ?

LA DESGLANDS

Oh! les foutus barbichons ne demanderaient pas mieux ; mais au diable! au diable! ces gueusasses-là ne sont pas faits pour nous ; leur jean-foutre de saint François leur a prescrit l'usage de la discipline, mais ils n'en bandent pas mieux pour cela ; quant à moi, j'ai des verges, ah! des verges admirables ; elles auraient fait bander le maréchal de Richelieu, mort duc (1) quatre heures avant sa mort (2).

_____

(1) On voit que la grosse Desglands ne s'est montée que par gradation à l'idiome de son quartier.

(2) Ce maquereau de la cour est bien heureux d'être mort avant la suppression de la noblesse ; son orgueil en aurait bien souffert.

Le Père Isidor

J'en essayerai, je te l'avoue, c'est mon faible. As-tu le poignet ferme?

La Desglands

Aussi ferme que celui de la Dubarry. Quelques vieux seigneurs de l'ancienne cour, qui me sont venus voir en redingotte, me l'ont assuré (1).

Le Père Isidor

Ventrebleu! tu n'es pas malheureuse : mais passons aux échantillons ; voyons la gorge.

La Desglands

Mes tétons? Oh! qu'à cela ne tienne. Tiens, examine, tâte...... Eh quoi! tu recules?

Le Père Isidor

Oh! bienheureux saint Bruno! quels tétons flasques et flétris! Ils sont comme les besaces des frères mineurs conventuels.

La Desglands

Comment! sacredieu; je les crois assez fermes pour ta révérence; sais-tu qu'ils ont passé par les mains d'un évêque? (2).

---

(1) Qui pourrait ignorer que les verges, et un poignet vigoureux, étaient les restaurants de Louis XV?

(2) La chronique des bordels de Paris assure que c'est l'évêque de Béziers, Nicolaï, le plus grand fouteur des cent évêchés de France.

LE PÈRE ISIDOR

Eh! qu'est-ce que cela me fout? Mon vit vaut bien celui d'une éminence. Mais passons outre. Et ton con?

LA DESGLANDS

Superbe! comparable à celui d'une reine, fût-ce même celui de la reine de France.

LE PÈRE ISIDOR

Ah! foutre, si tu dis vrai, ne t'inquiète; je te promets huit coups sans déconner.

LA DESGLANDS

Et toi, gros rubicond, si tu me tiens parole, tu me foutras gratis.

LE PÈRE ISIDOR

Soit, mais pour te donner de la confiance, apprends que tu vas tâter du vit d'un carme, qui pour la fouterie est l'honneur de toute la place Maubert.

LA DESGLANDS

Et moi, pour t'encourager, apprends que tu vas foutre le con d'une garce qui a du service, et qui, pour l'enconnage, est la terreur du quartier.

(Ils montent ensemble, et le Dialogue continue *in castu*).

NB. On pressent bien qu'un carme qui bande, comme la majeure partie de son ordre, ne s'amuse pas aux préliminaires, comme ferait en cas pareil le vieux Bertin des parties casuelles, à qui l'on aurait pu appliquer ce couplet :

AIR : *Flon, flon.*

Branle le vit, Thérèse,
A Monsieur l'Intendant (1) ;
Car c'est un bande-à-l'aise
Qui ne fout pas souvent.
Flon, flon,
La riradondaine, etc.

Ou comme le vieux procureur des Feuillants, qui prend ses lunettes pour examiner le conin d'une femme ; encore ne peut-il venir à bout de se redresser. Mais je reviens à mes champions. Le Père Isidor donc, sans s'amuser à foutimasser, campa la Desglands sur son chalit, consistant en une paillasse posée sur des ais de sapin, guindés sur des tréteaux, et recouverte d'un échantillon de tapisserie de Bergame ; puis il la troussa, et fit l'inspection des appas que la raccrocheuse du quart lui avait vantés. Continuons ce Dialogue, pour dépeindre ce qu'il vit, et ce qu'ils firent. C'est le frappart qui parle.

LE PÈRE ISIDOR

Ah ! grands dieux ! quel con !

LA DESGLANDS

Comment le trouves-tu ?

(1) Il est ici question de Dagay, l'âme damnée, l'Intendant fugitif de la Picardie.

LE PÈRE ISIDOR

Il me ravit et m'enchante...... O femmes de qualité, qui traînez à votre suite tant et tant de sou-
pirants, apprenez qu'il se trouve sous des cotillons
de bordel des cons de qualité, quand sous les vôtres
il ne se rencontre, le plus souvent, que des cons de
grisette..... Mais à ton tour, grosse garce, examine
mon vit.

LA DESGLANDS (par exclamation)

Ah! quel vit! quel vit!

LE PÈRE ISIDOR

Eh bien! t'ai-je trompée?

LA DESGLANDS

Non, jamais le grand Maurice ne peut avoir eu
un vit de cette espèce. Quelle tête altière et noble!
qu'il est grand, gros et bien fait! Ne serais-tu pas
général de ton ordre?

LE PÈRE ISIDOR

Hélas! non; l'élection ne s'en fait pas comme aux
cordeliers.

LA DESGLANDS

Va, va, tu peux te consoler; répands-toi dans
le monde, avec ton vit tu feras fortune; mais, mais
dépêche! Allons, allons, fouts, Père l'Enfonceur......
je décharge déjà.

LE PÈRE ISIDOR

De quelle manière veux-tu que ce soit la première ?

LA DESGLANDS

Il m'importe peu, pourvu que tu me foutes.... Ah! mon cher carme, commence.

———

Le courrier des fouteurs ecclésiastiques était en ce moment occupé à foutrailler une des compagnes de la Desglands, et, témoin auriculaire de cette scène lubrique, il s'est fait un devoir de la communiquer aux amateurs. Le résultat est que le Père Isidor, en brave fouteur, fournit vigoureusement sa carrière, et qu'au lieu de huit coups sans déconner, il baisa dix fois la grosse Desglands. La franchise de cette fouteuse, le nombre de ses exploits galants, m'ont donné la curiosité de rechercher son origine ; et par la voie de mon Courrier, je vous apprends tout bas à l'oreille qu'elle est la fille d'un potier d'étain, jadis sur le Pont-Marie, maintenant sur le quai des Ormes.

———

CORRESPONDANCE

Entre l'abbé JACOB, *l'abbé* RENAUD, *tous deux prêtres du Petit-Saint-Antoine, quartier Saint-Paul, et la demoiselle Kakvelle, demi-putain, entretenue par Louvet, tapissier du faubourg Saint-Antoine; personnage laid, sot, mal bâti, et conséquemment cocu.*

LETTRE PREMIÈRE

L'abbé Jacob à l'abbé Renaud

De Villiers-la-Garenne, le 18 août 1790.

Bonjour, mon cher compagnon de bonnes fortunes; on ne s'ennuie pas plus que moi à la campagne, où je suis réduit pour tout potage, à palper les flasques appas de cette vieille Blondel (1), qui m'excède, me fatigue, me harasse et me dégoûte au suprême degré. Conviens avec moi que c'est pousser la complaisance aussi loin qu'elle peut aller; juge de ma détresse, quand je suis obligé de me trouver au rendez-vous de nos conférences nocturnes. Hier, je fus invité de sa part à me trouver chez elle, une heure avant son lever. J'y allai en tremblant: ah! bon Dieu! que vis-je?

---

(1) La femme du coquin de Blondel, ancien Intendant du commerce, et au Département de l'Isle de Corse.

Cette vieille bougresse nonchalamment étendue sur un canapé, avait brocardé son sot individu de rubans nationaux ; elle feignait de dormir ; mais la grosse garce avait son but en tête, et je n'en fus pas la dupe. Domptant ma répugnance, j'énumérai ce qu'elle affectait de me découvrir, et voici le total de ce que j'aperçus.

D'abord, une jambe desséchée, une cuisse mollasse recouverte d'une peau ridée, au haut de laquelle était un ventre plissé et replissé ; mais ce n'est pas tout, cher abbé ; sa vaste conasse, ouverte par sa position, ne présentait à mon vit qu'un gouffre où il allait s'engloutir. Te ferai-je la description de cet Etna, qui vomissait tous les feux de la paillardise ? Quelques poils gris épars par ci, par là, n'offraient plus à mes yeux qu'une aride forêt, sur laquelle l'œil ne s'arrête qu'à regret ; des tétons pendants ; en un mot, tout ce qu'il fallait pour faire débander l'homme le moins délicat. Très-certainement je n'aurais pas tenté l'aventure, si cette vieille fouteuse ne m'avait provoqué. Je lui dois quelques égards en faveur des bijoux qu'elle m'a donnés depuis plusieurs années. Je bravai donc le dégoût, et la laissai faire ; d'abord, elle me prit la main, qu'elle posa sur sa cuisse, et ensuite me déboutonnant, elle tira le docteur, qui était dans un piètre état ; puis m'engageant à l'embrasser, elle glissa sa langue dans ma bouche ; quelques chicots qui lui restent, lui servirent à mordiller la mienne, et par de vigoureuses secousses, elle parvint, sinon à me faire bander totalement, au moins à me mettre en état de satisfaire ses lubriques désirs. Elle m'entraîna sur elle, et je l'enconnai. Ah ! cher abbé ! quelle pénible corvée, que celle de foutre un con si vieux, si large, et usé par de continuelles jouissances !

Quoi qu'il en soit, j'en fis le sacrifice ; mais il me fut impossible de recommencer ; je retirai mon vit de sa conasse, mol et paraissant honteux d'avoir osé pénétrer dans ce gouffre infernal : ni caresses, ni maniement ne purent me faire bander davantage : en vain me chatouillait-elle les couilles de ses doigts décharnés, en vain m'introduisait-elle le postillon dans l'anus ; rien, mon ami, rien ; je demeurai froid comme un marbre.

Mais laissons cette matière. Que fait Kakvelle à Paris ? Puis-je conter sur sa constance ? Je t'ai engagé à veiller sur sa conduite. Parle-moi sans détour, et dis-moi à quoi je dois m'en tenir.

Ton ami, JACOB.

RÉPONSE

de l'abbé Renaud à l'abbé Jacob

De Paris, le 24 août 1790.

Je te plains, mon pauvre abbé ; ah ! je te plains de tout mon cœur, d'être obligé de travailler sans cesse à réparer les fortifications de ta vieille citadelle démolie ; je ne puis m'empêcher de rire de la description des appas que tu fais de la Blondel, ton

4

infante surannée ; et surtout lorsque je les compare avec ceux de ta bien-aimée Kakvelle. Tu seras, sans doute, étonné de mon expression ; mais tu cesseras de l'être, quand je t'apprendrai que je les connais presqu'aussi parfaitement que toi, sans cependant les avoir mis en usage. Que cela ne te donne pas de jalousie, au moins, contre moi. Voici mon aventure, écoute-moi.

Je tournai mes pas jeudi dernier vers le petit jardin que nous louâmes en communauté à l'extrémité du faubourg Saint-Marceau. J'ignorais que tu en avais remis, en partant, la clef à l'idole de ton cœur. Je m'acheminai donc vers notre hermitage, et voici le spectacle qui s'offrit à mes regards, lorsque j'eus tourné mes pas vers un bosquet d'où partaient des soupirs et des gémissements, qui semblaient m'indiquer que ceux qui les poussaient, poussaient en même temps des arguments décisifs, qu'ils s'occupaient des plaisirs de l'amour, et qu'ils étaient en ce moment au comble de la volupté.

Je me juchai sur une petite éminence, et de là je fis mon examen, sans qu'ils fussent à portée de me voir.

Quel tableau, cher abbé ! Deux amants dans l'ivresse
Savouraient de l'amour le prix et la tendresse.

Avant de passer au sentiment de la douleur, extasie-toi sur les objets dont je fus le jaloux spectateur : une femme coëffée en pouf, et dans le costume d'une petite maîtresse, était étendue sur une terrasse ; un siége de gazon servait à lui soutenir la tête; un rustre vigoureux, au moins je le jugeai tel à sa stature, lui appliquait des baisers sur la bouche, et la dulcinée lui passant ses jambes sous les aisselles et les exhaussant à la hauteur de la tête, me laissait voir à découvert ses fesses, sa motte et son con.

Notre athlète me parut dans la fraîcheur de l'âge, et ses épaules carrées, et la grosseur de son vit, me présagèrent que s'il avait déjà foutu la princesse, il ne se bornerait pas à une simple course, et l'événement vérifia mes conjectures. Je me résolus de ne pas les troubler, et je demeurai tranquille spectateur de la scène.

Un mouvement de reins, que je vis faire à la belle, m'annonça que nos champions allaient procéder à une autre décharge..... Ah! cher abbé! en contemplant leurs transports, que n'avais-je en ce moment ma chère de Saint-Julien! Alors nous eussions fait un *quatuor*; mais je me contentai d'avoir recours à la bataille des jésuites, et les plus belles fesses du monde me servirent de point de vue.

Non, jamais Jupiter, le plus grand fouteur de tout l'Olympe, ne foutit Antiope sous la forme d'un satyre avec plus d'ardeur et de courage. J'en suis encore émerveillé, lorsque j'y pense.

Mais juge, cher abbé, juge de ma surprise, quand s'étant relevés l'un de dessus l'autre, je reconnus dans le fortuné manant qui venait de donner des preuves signalées de sa valeur, le fils de notre jardinier, et dans la femme au pouf...... Je te le donne en mille à deviner...... le croiras-tu? Kakvelle, oui, ta bien-aimée Kakvelle elle-même! Elle m'a-perçut, et, loin de rougir, elle vint à moi avec cette contenance effrontée, qu'ont les plus hardies cour-tisanes. Les feux de la lubricité circulaient encore dans ses regards, mais sois encore plus surpris du discours qu'elle m'adressa.

« Ne sois pas étonné, cher abbé, me dit-elle, de ce que tu viens de voir ; je suis femme, et fouteuse, par dessus le marché. Jacob ne bande qu'à demi, et ne me l'a jamais mis qu'en petit maître, c'est-à-dire en vit mollet. Mon tempérament ne s'est jamais arrangé des jeûnes qu'il m'a fait souffrir ; il lui fallait un substitut. Ce paysan, que tu viens de voir, m'a donné du plaisir, et c'est l'idole à laquelle je sacrifie ; il bande comme un Dieu ; il fout comme un Hercule : que pouvais-je désirer de mieux ? Ajoute à cela, cher abbé, qu'il branle comme un ange, ou comme la duchesse de Polignac.

« Je te recommande le secret, et par reconnais-sance, je te consacrerai quelques coups de cul, comme à l'ami commun de mon ménage canonique. Je cours rejoindre mon vigoureux fouteur, que la peur a fait fuir. Je me sens dévorée du besoin d'être encore aux prises avec lui : éloigne-toi. Adieu, tu auras demain de mes nouvelles. »

Voilà, mon cher ami, quelle est ta Kakvelle, la plus grande garce de l'univers, et la plus infâme putain de ce siècle. Juges-en par le billet que je reçus d'elle le lendemain, et que je joins à la présente.

BILLET

de la demoiselle Kakvelle à l'abbé Renaud,
Antonin

« Tu m'as vu foutre, abbé, et je brûle encore de l'être : mon fouteur, ton collègue, l'abbé Jacob, est à la campagne avec sa grosse lubrique Blondel, où il me fait des infidélités ; qu'il la foute et refoute, j'y consens, s'il le peut toutefois ; car pouvant à peine bander pour moi, comment pourra-t-il bander pour elle ? J'ai promis de t'acheter le secret ; viens dans mes bras puiser ta récompense ; oui, c'est en me foutant que j'espère donner un prix à ton silence. Ne t'effarouche pas de la séance d'hier au jardin. Les fouteurs de ton espèce, et qui portent ton habit, ne doivent pas être si délicats.

Je compte que tu m'apporteras toi-même la réponse.

P. S. Médite sur le sacrifice que tu m'as vu offrir hier à Priape ; j'y joindrai quelques amoureuses pastilles, telles que j'en passe à Jacob, et tu seras content.

Voilà, mon brave ami, voilà comment s'exprime ta coquine ; mais pour te consoler, je t'envoye un pot pourri fait sur les porte-soutanes de la capitale ;

il fait beaucoup de bruit dans cette ville, et tu en seras sûrement content.

POT-POURRI

sur les Ecclésiastiques de Paris, notamment sur plusieurs des députés de l'Assemblée Nationale

AIR : *De Geneviève de Brabant.*

Approchez-vous, et venez pour entendre
De nos abbés tous les beaux faits divers;
Mais vous, Français, pourrez-vous bien comprendre
Les forfaits de ces suppôts des enfers ?
　　Que l'on écoute,
　　Sans aucun doute,
　　Un calotin
　　Auprès de sa putain (1).

AIR : *Jardinier, ne vois-tu pas.*

Dans l'assemblée maints débats
　Feignirent mes détresses;
Le soir, après le repas,
Je préférais dans mes bras
　　　Tes fesses.　　　(3 fois).

AIR : *Des folies d'Espagne.*

Tout en perdant les tributs de l'église,
Tu ne vis point ralentir mon ardeur,
J'oubliai tout en levant ta chemise,
Et le député fit place au fouteur.

(1) C'est l'abbé Maury qui parle.

Air : *Que le Sultan Saladin.*

Voyons Barreau de Girac (1)
Foutre sans aucun micmac
Son aimable Gabrielle (2),
Qu'il croit lui être fidelle ;
Mais nargue pour son chicot,
      Le sot !
      Le sot !
A quoi pense ce magot ?
C'est Elliou qu'elle préfère (3)
      Pour cette affaire.   (*bis*).

Air : *M. l'abbé, où allez-vous ?*

L'abbé Fréteau, c'est un bavard,
Qui parle toujours au hasard ;
    Mais près de sa bergère,
      Eh bien !
Oh ! c'est une autre affaire,
    Vous m'entendez bien.

Air : *Des Pendus.*

A Paris soyez convaincu
Qu'il a fait maint et maint cocu,
Sans cesser de dire la messe,
Et la Dargonne est sa maîtresse (4) ;
On dit qu'il est homme de bien ;
Mais il ne faut jurer de rien.

Air : *De Calpigi.*

Le plus grand gueux de cette espèce,
Qu'à foutrailler l'on voit sans cesse,

(1) Barreau de Griac, évêque de Rennes.
(2) Gabrielle Hémard, jeune danseuse des Italiens.
(3) Elliou, acteur des Italiens.
(4) Marchande parfumeuse de la rue des Petits-champs.

Qui du bordel est le chéri,
C'est notre cher abbé Maury.   (*bis*).
Le bougre a l'air d'un idolâtre,
Lorsque près d'un cul il folâtre,
Il est extasié, ravi,
Ah ! bravo, notre abbé Maury.   (*bis*).

AIR : *Mon honneur dit que je serais coupable.*

Pour l'abbé Sieyes, l'ennemi de la presse,
C'est un gredin, si jamais il en fut ;
En patinant le con de sa déesse,
Contre nos droits le scélérat conclut.
Qu'en motions, ce prestolet barbouille,
Ce ne sera jamais qu'un malheureux ;
Que dans un con, cet infâme farfouille,
Sans s'opposer aux plus doux de nos vœux.

Tu dois bien sentir, cher abbé, qu'il y aurait
eu beaucoup plus de matière à chanter, n'eût-ce
été que dans notre maison, où Bernard l'hypocrite
va tous les soirs raccolant les demi-vierges de la
rue Saint-Honoré. Voici à son égard le sonnet qui
court chez nous.

SONNET

Un beau jour Dom Bernard, ce disciple d'Antoine,
Qui depuis si longtemps ne connaît plus l'honneur,
Qui sans bien et sans nom, sans aucun patrimoine,
Passe des Antonins pour le plus grand fouteur,

Dans un beau désespoir, fut trouver au bordel
Mimi, qui des putains n'est que la plus infâme ;
Et là, sans balancer, en sortant de l'autel
Le foutu calotin lui débita sa flamme.

De l'argent ! dit Mimi, ou sans quoi, vieux paillard,
Décampe du bousin, ou bien, lâche couillard,
Tu sauras si Mimi se regarde en novice.

Dom Bernard étonné, paya sans murmurer.
Enfin, ce qu'il obtint peut bien se figurer.
Il foutit ; mais, hélas! gagna la chaude-pisse.

Accuse-moi, je te prie, la réception de ce paquet.

L'Abbé RENAUD *du Petit-Saint-Antoine.*

LETTRE TROISIÈME

L'abbé Jacob à l'abbé Renaud

J'ai reçu ton paquet, mon cher et très-honnête
ami ; j'applaudis à ta chanson, elle est vraie, elle
exprime la fouterie ; mais ta lettre me pénètre des
regrets les plus amers. Eh quoi ! ce jeune objet que
j'avais pris plaisir à former pour moi, dont je re-
cueillais les tendres caresses, non content d'être
obligé par la nécessité de se laisser foutimasser par
le vieux Louvet, qui ne peut guères faire autre
chose, s'amuse en ⸱⸱re à foutre avec un rustre,
qu'elle me donne pour collègue! et la putain ne
rougit pas de tourner ma vigueur en ridicule? Ah!
mon cher abbé, qu'est-ce que les femmes ? C'en est
fait, je l'oublie pour la vie ; mais cependant je ne
puis penser que tu te sois résigné à lui prendre le
cul suivant son invitation ; je te crois *crop* sensible
aux droits de l'amitié.

5

La vieille Blondel, cette horreur dont je t'ai parlé dans ma dernière, ne s'est pas contentée des efforts extraordinaires que je mettais en usage pour la foutre ; elle vient de me donner son cocher pour adjoint. Cet animal ne s'est pas autant effrayé que moi de la douce proposition ; accoutumé à piquer des rosses, il n'a fait par là que changer de monture : tu penses bien que j'ai vu sans jalousie le changement de cette vieille paillasse, tout au plus bon pour un caporal de la milice nationale soldée ; il n'en est pas de même de Kakvelle ; mais je te le répète, c'en est fait, afin de n'y plus revenir.

Le plaisant de l'histoire, c'est que pendant qu'on me cocufiait à Paris, je l'étais encore à la campagne ; non par cette affreuse garce de Blondel, à qui j'entendais chanter l'autre jour, en descendant l'escalier :

AIR : *Flon, flon.*

Un vit à la dragonne
Est un passe-partout ;
Jamais il ne déconne,
Qu'il n'ait foutu dix coups.
Flon, flon, flon,
Larira dondaine,
Gué, gué,
Larira dondé.

Ce n'est pas par cette vieille édentée que je suis cocufié à la campagne, mais c'est par Thérèse sa femme de chambre, que tu as pu voir à Paris ; au surplus, si tu ne te la remets, je vais te la peindre : œil furtif et agaçant l'appétit, en un mot, un œil à

la fouterie ; et comme on le dit assez vulgairement,
un œil demandant l'aumône au pont-levis d'une
culotte ; taille svelte et élégante, des tétons d'une
tournure admirable, et plus que suffisants pour
remplir la main d'un honnête homme ; une croupe
divine ; enfin Thérèse est un composé de perfections.
Voilà, mon cher abbé, voilà ce que tu as pu re-
marquer ; mais voici, moi, ce que j'ai reconnu en
elle. Le conin de Vénus n'aurait pas obtenu la
pomme de discorde, si Thérèse eût montré le sien.
Figure-toi la plus jolie motte des mottes, ombragée
d'un poil noir frisé, et abondamment fournie ; les
lèvres de ce joli con sont fraîches, vermeilles, et le
disputent à sa bouche ; mais c'est le bouton d'amour,
ce charmant bouton sur lequel le doigt posé, pro-
voque, en branlottant, des sensations si douces et si
agréables ; c'est, dis-je, ce précieux bouton, qui,
parvenant à se roidir par l'impulsion de l'index
masculin, s'allonge, et forme l'assemblage de
l'attrait le plus rare.

Quoi qu'il en soit enfin, Thérèse fut sensible à
mes avances et la jolie coquine ne tarda pas à me le
prouver, en me donnant rendez-vous dans sa
chambre. J'étais énervé des efforts inutiles que
j'avais faits pour foutre la Blondel ; mais je ne pus
me refuser au doux plaisir de travailler Thérèse.
Je fus donc à ce rendez-vous ; mais, mon cher ami,
examine combien la physionomie est trompeuse.
Je crus bonnement que j'allais foutre un con, mais
point du tout, c'était un cul qu'il me fallait ex-

ploiter, et la foutue bougresse ne tarda pas à m'en faire la proposition : juges-en par ce dialogue.

THÉRÈSE

Bonjour, mon cher abbé.

L'ABBÉ

Bonjour, ma divine.

THÉRÈSE

Je t'attendais. Eh bien ! as-tu bien foutu ta vieille ?

L'ABBÉ

Oh ! Thérèse, je te prie, ne me parle pas de cette vieille coquine, parlons plutôt de tes appas ; qu'ils sont frais !

THÉRÈSE

Te sens-tu disposé à me foutre ?

L'ABBÉ

Regarde mon vit, c'est là ma seule réponse.

THÉRÈSE

Ah ! qu'il est beau ! tu vas me le mettre ?

L'ABBÉ

En peux-tu douter ? Allons, mon cœur, voyons poussons l'argument.

Mais juge, mon cher abbé, juge de ma surprise, lorsque Thérèse, au lieu de me présenter son con, me montra son cul, et me dit : Ah ! cher abbé, que veux-tu ? c'est ma marotte ; mais je t'offre un plaisir de plus ; en me foutant en cul, ce qui est un grand plaisir pour un homme de ta robe, tu me branleras ; allons, crois-moi, ne fais pas l'enfant ; mets-le-moi.

Ce n'était pas la première fois que, par goût, j'avais sodomisé une garce ; mais j'eusse bien désiré offrir les prémices de cette fouterie à son joli, à son charmant con. Enfin, mon ami, je vainquis mon irrésolution, je l'enculai. Ah ! grands dieux ! quel mouvement ! quelle mobilité !

Mais la garce ne s'en tenait pas à moi : Durand, le valet-de-chambre de la Blondel, s'en accommodait aussi, et je le vis bientôt après par le trou de la serrure de l'infante. J'allais pour la foutre, mais, hélas ! pauvre hère, c'est moi qui fus foutu.

J'arrivai, comme Thérèse, étendue sur son lit et agenouillée sur un tabouret, suivant sa méthode favorite, présentait le postérieur à Durand : Durand tenait en main déjà son anchois ; je l'entendais répéter cette vive exclamation :

« Grands Dieux ! le joli cul, quel cul ! quel cul charmant !
« Qu'il offre de plaisir au plus sincère amant ! »

Enfin, le bougre l'encula. Ainsi donc, me voilà encore une fois cocu, et par Thérèse.

Crois-moi, ne fouts pas Kakvelle : déjà de certaines douleurs me font douter de sa fidélité. Ah ! mon ami ! qu'est-ce que les femmes ?

On fait ici des chansons à la campagne. Je t'envoie celle-ci sur le curé de notre endroit.

CHANSON

SUR LE CURÉ DE VILLIERS-LA-GARENNE

AIR : *Ce mouchoir, belle Raimonde.*

Le plus grand bougre du monde,
Ah ! c'est bien notre curé ;
Et loin de foutre Raimonde,
Un garçon est préféré ;
La philosophie profonde
Dit à tous, ah ! ce qu'il est ;
Ne dérangez pas le monde,
Laissez chacun comme il est.   (*bis*).

L'autre jour à sa servante,
Le bougre fit un poupon,
Et son âme trop contente
D'avoir fait un beau garçon,
Dit : Par quel trou, ma suivante,
J'ai fait ce beau rejeton ?
Dis-le-moi, ma confidente,
Est-ce le cul ou le con ?   (*bis*).

———

Le courrier des fouteurs ecclésiastiques chargé de cette correspondance, et obligé de remettre ses dépêches, partait, monté sur un vigoureux vit, pour aller à toutes ses adresses.

L'ordinaire prochain nous apprendra les réponses
réciproques qui ont été faites de part et d'autre.

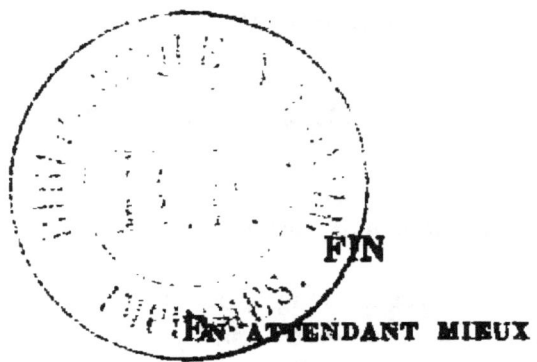

FIN

EN ATTENDANT MIEUX

Vu et approuvé

D^E JUIGNÉ, Archevêque de Paris.

BIBLIOTHÈQUE LIBRE

VII

LE COURRIER EXTRAORDINAIRE

ACHEVÉ D'IMPRIMER

le 31 janvier 1872.